바퀴벌레
이야기

How To Hold a Cockroach
: A book for those who are free and don't know it

내 삶의 불청객들을 기쁘게 맞이하는 법

How to Hold
a Cockroach

바퀴벌레
이야기

김선형 옮김

매슈 맥스웰 글
앨리 데이글 그림

동아시아

지금 그대로의 모든 것에 바친다

세상을 밝히는
이야기의 힘

이야기의 힘을 믿는가? 믿지 않는다면 이 작은 책이 당신의 생각을 바꿀 것이다. 사실과 거짓의 경계가 한없이 흐려진 지금, 오로지 불확실성만이 확실한 시대, 혐오와 불안으로 얼룩진 세상에서 우리는 무엇에 기대어 살아가나. 이 책은 진실의 허를 간명하게 찌른다. 우리는 이야기 속에서 의미를 찾는 존재다. 우리는 우리가 믿는 이야기들에 기대어 살아간다. 우리를 분노하게 만들고 혐오에 몸서리치게 만들고 공포에 꼼짝달싹 못하게 만드는 이야기들이 세상에 난무한다. 하지만 진실인 척 횡행하는 그 많은 이야기들을 덮어놓고 믿을 게 아니라, 잠시 제쳐두고 만물과 현상을 그저 있는 그대로, 가만히, 유심히 들여다보면 어떨까. 어쩌면 전혀 다른, 새로운 이야기를 발견할지 모른다. 소모적 감정으로 속박하는 이야기들로부터 자유로워질 수도 있다.

바퀴벌레라는, 모두가 혐오스럽다 합의한 생명체가 유발한 작은 의문부호가 천천히 자아와 세계의 모든 영역으로 따뜻하게 퍼져나간다. 난 이 책이 정말로 어떤 이의 삶을 바꿀 수 있다고 믿는다. 세상의 작은 한구석을 따스하게 밝힐 수도 있다고 믿는다. 꼭 만나야 할 그 독자를 찾아 나서는 이 소박하고 깊고 힘차고 사랑스러운 이야기의 모험을 진심으로 응원한다.

2026년 3월, 김선형

차례

1부
소년의 이야기

2부
새로운 세상

How

to

Hold

a

Cockroach

1부

소년의
이야기

(1)

소년과
바퀴벌레

먼 옛날 혼자 사는 소년이 있었다. 소년은 식탁에 앉아 저녁을 먹었고 그럭저럭 다 괜찮다고 느꼈다. 기분 좋게 우물우물 밥을 먹던 소년은 바로 눈앞에서 식탁 위로 기어가는 바퀴벌레 한 마리를 보았다. 커다랗고, 갈색이고, 역겨웠다. 소년은 기겁했다. 소리 지르고 악을 쓰면서 바퀴벌레가 사라져 다시는 오지 않기를 바랐다.

"저리 가버려, 바퀴벌레!" 소년은 고래고래 고함을 쳤

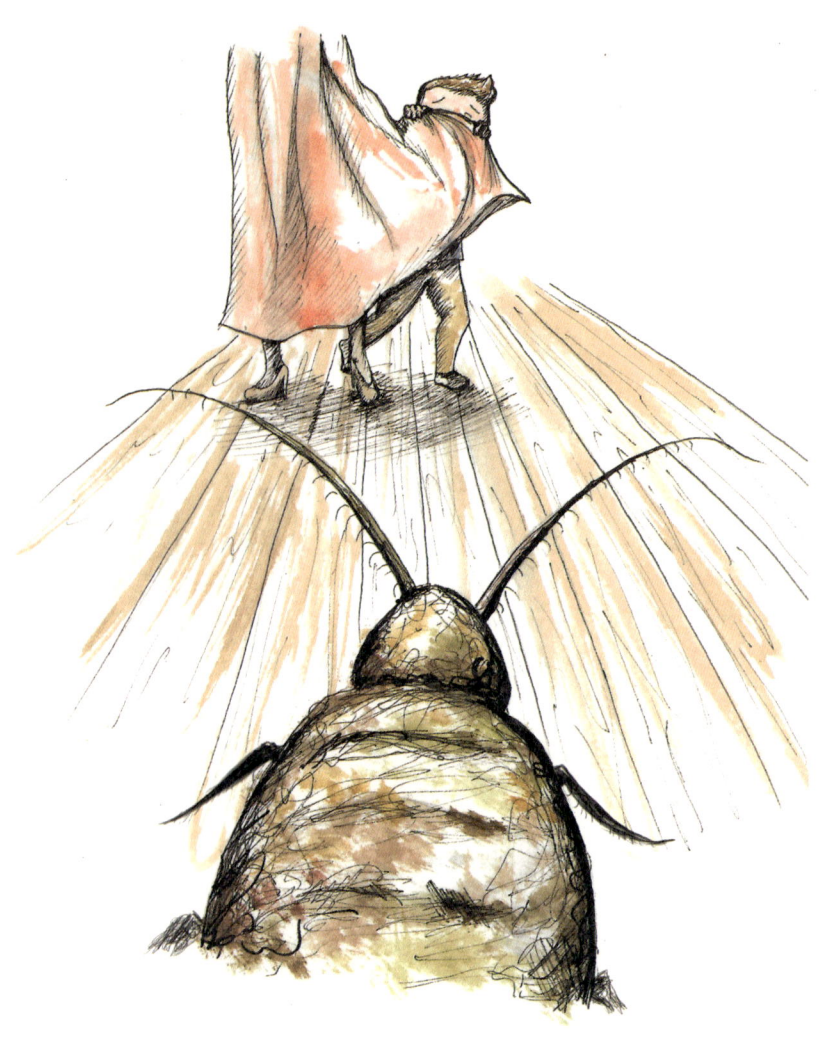

14

다. "날 가만 내버려둬!" 하시만 바퀴벌레는 그저 가만히 서서 소년을 말끄러미 쳐다보았다. 소년은 바퀴벌레를 증오했다. 바퀴벌레가 주는 느낌이 끔찍하게 싫었다. 불안해지고 더럽게 오염된 느낌이었다.

바퀴벌레가 혐오스러워서 음식을 먹을 수도 없었다. 바퀴벌레들이 이렇게 자기 공간에 침범할 때마다 꼭 이런 느낌이 들었다. **속이 메슥거려!** 소년은 생각했다. 짓이겨 없애버리고 싶었지만 징그러워서 가까이 갈 수가 없었다. 도저히 못 하겠다는 생각이 들었다.

소년은 무엇 때문에 바퀴벌레가 싫어졌을까 의아해졌다. 바퀴벌레를 간식으로 먹는 먼 나라 사람들 이야기를 들은 적이 있다. 바퀴벌레를 딸기처럼 기분 좋게 손으로 집어 든다고 한다. 생각만 해도 절로 몸이 움찔거렸다 ─ 손으로 바퀴벌레를 쥔다니 상상조차 할 수 없었다! 불가능한 일처럼 느껴졌다.

아주 어렸을 때의 기억이 났다. 어머니는 바퀴벌레를 보고 새된 비명을 질렀다. "저리 가, 바퀴벌레!" 고함을 쳤다. "날 가만 내버려둬!" 어머니가 그렇게 악을 쓰는 소리를 들으니 무서웠다. 그 순간 소년은 바퀴벌레들이 더럽고, 위험하고, 무섭다고 믿기 시작했다. 그 후로는 줄곧 그 믿음이 옳다는 증거들이 점점 더 많이 보였다. 바퀴벌레들은 전혀 예상치 못한 때를 골라 벽을 기어오르거나, 비늘처럼 딱지 덮인 몸으로 소름 끼치는 촉수를 흔들며 한밤중 화장실에서 그를 기다렸다. 그리고 남들도 다 바퀴벌레를 그렇게 여기는 것 같았다!

시간이 흘렀고, 그 생각은 이제 너무 진짜처럼 느껴져서 꾸며진 얘기인지 아닌지 분간할 수가 없었다. 그저 사실이 되었다. 바퀴벌레는 더럽고 위험하고 무서웠다. 언제부턴가 바퀴벌레는 그에게 이러저러한 것이 되어버렸고 그 결과를 지금 식탁 앞에 앉은 소년이 절감하고 있다. 속이 메슥거리고 기분이 나빴다.

소년은 자리에 앉아서 바퀴벌레를 물끄러미 바라보며 이런 생각을 되짚어 헤아렸다. 가슴안에서 심장이 쿵쿵 뛰었다.

그때 작은 기적이 일어났다. 소년은 자신이 있는 그대로의 바퀴벌레가 아니라 바퀴벌레라고 믿게 된 어떤 것을 무서워한다는 걸 깨달았다. 아주 오랜만에, 새삼스레 자기 자신에게 물어보았다. 실제로 바퀴벌레에 관해 얼마나 아느냐고. **너는 뭐니, 정말로?** 궁금해졌다. 소년은 호기심을 품고 바퀴벌레를 보았다. 작은 아이였을 때, 어머니가 소리 지르기 전에는, 이런 눈으로 바퀴벌레를 보지 않았을까. 소년은 바퀴벌레가 가엾다는 생각이 들었다.

소년은 생각했다. **어쩌면 바퀴벌레들은 나와 그리 많이 다르지 않을지도 몰라.**

〈 2 〉
소년과
나

　그날 밤, 소년은 거울 앞에 서서 이를 닦다가 자기 모습을 보았다. 어른처럼 보였다. 덩치가 크고, 갈색 머리에, 서툴렀다. 자기 모습에 제가 기겁했다. 마음속으로 소리 지르고 악을 쓰면서 거울 속 저 사람이 사라져서 다시는 오지 않으면 좋겠다고 생각했다.

　"저리 가버려, 너!" 고래고래 고함을 쳤다. "날 가만 내버려둬!" 하지만 거울 속 얼굴은 그저 가만히 서서 되레 소년을 말끄러미 바라보았다. 소년은 거울을 보기가

싫었다. 거울 속 모습이 주는 느낌이 싫었다. 실망스럽고 두려웠다.

자기 자신이 주는 스트레스가 심해서 한시도 마음 편히 쉴 수 없었다. 그 자신을 생각하면 언제나 이런 기분이 되었다. **나는 정말 엉망진창이야.** 소년은 생각했다. 자기 자신을 고치고 싶었지만 어디서부터 시작해야 할지 알 수 없었다. 불가능한 일처럼 느껴졌다.

어쩌다가 나 자신에게 이토록 실망하게 된 걸까, 문득 의문이 생겼다. 자기 스스로를 사랑하는 사람들의 이야기를 들은 적이 있다. 봄날의 꽃을 보듬듯 자기 자신을 고이 보듬어 마음으로 품는다고 한다. 생각만 해도 몸이 부르르 떨렸다 — 그렇게 그 자신을 보듬어 주는 건 상상할 수도 없었다!

아주 어렸을 때의 기억이 떠올랐다. 어머니는 소년을 보고 새된 비명을 질렀다. "저리 가, 너!" 고함을 쳤다.

"날 가만 내버려둬!" 어머니가 그렇게 악을 쓰는 소리를 들으니 무서웠다. 그 순간 소년은 자기가 나쁘고, 아무도 원치 않고, 미움받는 아이라고 믿기 시작했다. 그 후로는 줄곧 그 믿음이 옳다는 증거들이 점점 더 많이 보였다. 소년은 얼마나 못되게 말하고 멍청하게 행동했던가. 소년이 오면 사람들은 떠나버렸고 그를 쳐다보면서 자기네들끼리 속닥거렸다. 그리고 남들도 다 소년을 그렇게 보는 것 같았다!

시간이 흘렀고, 그 생각은 이제 너무 진짜처럼 느껴져서 꾸며진 얘기인지 아닌지 분간할 수가 없었다. 그냥 사실이 되어버렸다. 소년은 나쁘고, 아무도 원치 않고, 미움받는 사람이었다. 언젠가부터 자기 자신은 그런 사람이 되어버렸고, 바로 그 결과를 이 밤 거울 앞에 선 소년이 절감하고 있다. 비참하고 부끄러웠다.

소년은 거기 서서 자기 자신을 물끄러미 바라보며 이 모든 생각을 되짚어 헤아렸다. 불쾌감에 얼굴이 잔

뜩 찡그려졌다.

　그때 작은 기적이 일어났다. 소년은 바퀴벌레를 기억했고, 자기가 바퀴벌레가 무엇인지 모르고 있었다는 사실도 기억해 냈다. 있는 그대로의 자기 자신이 아니라 '나'라고 믿게 된 어떤 것을, 또 다른 사람들이 '그'라고 믿는다고 스스로 믿게 된 그 어떤 것을 혐오한다는 걸 깨달았다. 아주 오랜만에 새삼스레, 실제로 자기에 관해 얼마나 아느냐고 스스로에게 물어보았다. **너는 누구니, 정말로?** 궁금해졌다. 호기심을 품고 거울 속 얼굴을 들여다보았다. 아주 작은 아이였을 때는, 어머니가 소리 지르기 전에는, 나 자신을 아마도 이런 눈으로 보았겠지. 소년은 자기를 가엾게 여기기 시작했다.

어쩌면 난 내가 누군지 모를지 몰라. 그는 생각했다. **어쩌면 남들도 아무도 모를지 몰라.**

소년과
사랑

소년은 침실로 갔다. 서랍에서 사진 한 장을 꺼냈다. 한때 사랑했던 이의 사진이었다. 사진 속 소녀의 아름다운 얼굴을 바라보았다. 소녀를 보면 한없는 기쁨이 샘솟던 때가 있었는데, 지금은 분노와 후회만 차올랐다. 마음속에서, 소리 지르고 악을 썼다. 소녀와의 추억이 깡그리 사라져서 다시는 돌아오지 않기를 바랐다.

"저리 가버려, 사랑 따위!" 고함을 쳤다. "날 가만 내버려둬!" 하지만 사진 속 소녀는 그저 가만히 서서 되레

소년을 물끄러미 바라보았다. 소년은 그 사진이 싫었
다. 그 사진이 주는 느낌이 싫었다. 절망에 빠졌고 다친
마음이 아팠다.

　소녀와의 추억 때문에 화가 나고 괴로워서 사랑할
수가 없었다. 추억이 이렇게 마음에 쳐들어올 때마다
이런 느낌이 되곤 했다. **이건 너무 심해!** 하고 생각했다.
소녀를 잊고 다시 자기 삶을 살고 싶었지만, 소년의 심
장이 그녀를 붙잡고 놓아주지 않았다. 불가능한 일처럼

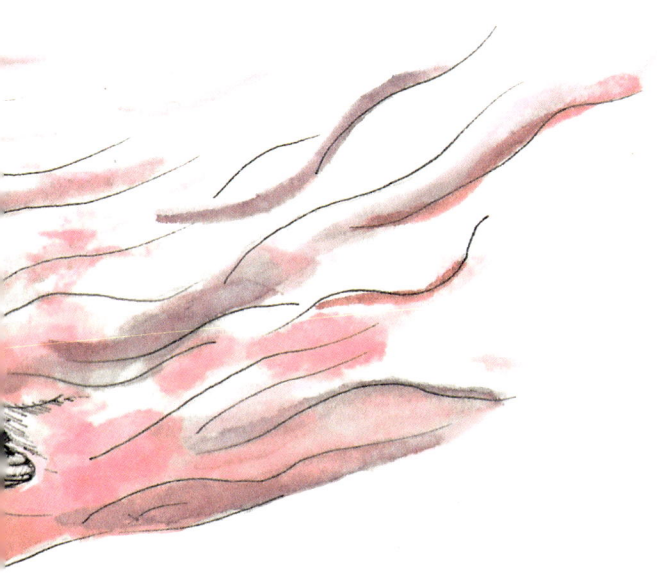

느껴졌다.

소년은 무엇 때문에 소녀의 사진을 보기가 이토록 싫어졌을까 의아해졌다. 자기를 버리고 떠난 연인을 용서하는 사람들 이야기를 들은 적이 있다. 귀한 가보를 간직하듯 애틋하게 심장에 담아 간직한다고 한다. 생각만 해도 주먹이 불끈 쥐어졌다 ― 소녀를 그렇게 보듬는 건 상상도 할 수 없었다!

마지막으로 소녀를 보았던 때를 기억했다. 사랑한다고 말하며 돌아오라고 부탁했다. 그러나 소녀는 뿌리쳤다. "저리 가, 너!" 소녀는 고함을 쳤다. "날 혼자 내버려 두라고!" 사랑하는 사람이 그런 말을 내뱉자 소년은 놀라서 멍해졌다. 그 순간 소년은 사랑이 고통스럽고, 위험하고, 무서운 거라고 믿기 시작했다. 그 후로는 줄곧 그 믿음이 옳다는 증거들이 점점 더 많이 보였다. 사랑은 정말이지 뜻밖의 순간에 마음을 갈기갈기 찢어놓거나 아예 소년에게 오지도 않았다. 연인이 떠나버리면 세상에서 가장 달콤했던 추억들은 얼마나 시큼하게 쉬어버렸던가. 그리고 남들도 다 사랑은 그런 거라고 믿는 것 같았다!

시간이 흘렀고, 그 생각은 이제 너무 진짜처럼 느껴져서 꾸며진 얘기인지 아닌지 분간할 수가 없었다. 그냥 사실이 되어버렸다. 사랑은 고통스럽고, 위험하고, 무서웠다. 언젠가부터 사랑은 그런 것들이 되어버렸는데, 바로 그 결과를 이 밤 침대 위의 소년이 절감하고 있다. 소년은 슬프고 외로웠다.

소년은 침대에 앉아서 사진을 물끄러미 바라보며 이 모든 생각을 되짚어 헤아렸다. 고개가 푹 떨궈졌고, 얼굴이 구겨졌다. 흐느낌이 몸에서 새어 나왔지만, 소년은 눈물을 삼켰다.

그때 작은 기적이 일어났다. 소년은 바퀴벌레를 기억했고, 자기가 바퀴벌레가 무엇인지 모르고 있었다는 사실도 기억해 냈다. 자기한테 상처를 준 건, 사랑도 소녀도 아니고, 자기가 사랑이고 소녀라고 믿게 된 어떤 것이라는 걸 깨달았다. 그걸 고약하고 나쁘게 만들어 버린 건 그 자신이었다. 아주 오랜만에 처음으로, 실제로 사진 속 소녀에 관해, 사랑에 관해, 얼마나 아느냐고 스스로에게 물어보았다. **당신은 누구야, 정말로?** 궁금해졌다. 호기심을 품고 사랑을 탐색했다. 아주 작은 아이였을 때는, 처음 실연하기 전에는, 사랑을 아마도 그런 눈으로 보았겠지. 소년은 후련한 해방감이 들기 시작했다.

어쩌면 소녀를 사랑했어도 괜찮을지 몰라. 그는 생각했다. **어쩌면 여전히 사랑해도 괜찮을지 몰라.**

(4)

소년과
과거

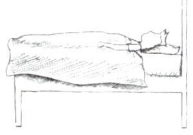

소년은 하품을 하고는 불을 끄고 잠자리에 누웠다. 이제 늦은 시각이었다. 지난 하루를 돌아보고 좋은 점과 나쁜 점을 헤아려 보았다. 소년의 생각은 과거로, 이전에 일어난 모든 일들로 향했다. 과거는 무겁고, 어둡고, 실망스러웠다. 과거는 소년을 슬프게 했다. 주먹을 불끈 쥐고 저항하며 기억이 사라져서 다시는 돌아오지 않기를 바랐다.

"저리 가버려, 과거 따위!" 애원했다. "날 혼자 내버려

뒤!" 그러나 과거는 그저 가만히 서서 되레 소년을 말끄러미 쳐다보았다. 소년은 과거가 끔찍하게 싫었다. 과거가 주는 느낌이 싫었다. 좌절감과 절망감이 북받쳐 올랐다.

과거가 마음을 너무 괴롭혀서 잠들 수가 없었다. 과거가 이런 식으로 생각을 헤집고 쳐들어올 때면 소년은 늘 이런 느낌이 들곤 했다. **내가 전부 다 망쳐버렸어!** 그는 생각했다. 지나간 모든 일을 바꾸고 싶었지만 돌아갈 길은 없었다. 불가능한 일처럼 느껴졌다.

소년은 무엇 때문에 과거가 이토록 싫어졌을까 의아해졌다. 끔찍한 시련을 겪고도 지나간 인생과 화해한 사람들의 이야기를 들은 적이 있다. 소년이 따뜻한 수프 그릇을 감싸 들 때처럼, 감사하는 마음으로 과거를 보듬어 간직한다고 한다. 의심스러웠다 — 과거를 그렇게 음미하다니 상상도 할 수 없었다!

아주 어렸을 때의 기억이 떠올랐다. 소년이 어머니에게 맞서려고 하자, 아버지가 불같이 화를 냈다. 아버지는 소년을 밀쳐 땅바닥에 나뒹굴게 했다. "저리 가버려, 너!" 아버지는 고함을 쳤다. "어머니는 가만 내버려둬!" 아버지가 그렇게 밀치니 무서웠다. 그 순간, 소년은 이미 벌어진 일은 부당하고 비극적이라고, 실수와 회한으로 얼룩져 있다고 믿기 시작했다. 그 후로 줄곧 그 믿음이 옳다는 증거가 점점 더 많이 눈에 띄었다. 뭔가 해보려고 시도하면 아무리 노력해도 실패로 돌아갔다. 사람들은 결국 소년에게 화를 내며 실망하고 말았다. 일이 그냥 다 잘못되어 버린 적이 얼마나 많았던가. 그리고 남들도 다 그렇게 생각하는 것 같았다!

시간이 흘렀고, 그 생각은 이제 너무 진짜처럼 느껴져서 꾸며진 얘기인지 아닌지 분간할 수가 없었다. 그냥 사실이 되어버렸다. 과거는 부당하고 비극적이고, 산더미처럼 쌓인 실수와 후회들이었다. 언젠가부터 그런 것들이 과거가 되어버렸고, 그 결과를 이 밤 침실의

34

소년이 절감하고 있다. 가망이 없고, 슬펐다.

소년은 침대에 누워 과거를 물끄러미 바라보며 이 모든 생각을 되짚어 헤아렸다. 가슴이 들썩이고 목이 메었다.

그때 작은 기적이 일어났다. 소년은 바퀴벌레를 기억했다. 자기를 우울하게 한 건, 과거 자체가 아니라 과거에 대한 자신의 해석이라는 걸 깨닫기 시작했다. 아주 오랜만에 처음으로, 실제로 과거를 얼마나 아느냐고 스스로에게 물어보았다. **너는 뭐야, 정말로?** 궁금해졌다. 호기심을 품고 이미 일어나 버린 일들을 바라보았다. 아주 작은 아이였을 때는, 처음 아버지한테 밀쳐지기 전에는, 아마도 그런 눈으로 과거를 보았겠지. 용서하고 싶다는 마음이 싹텄다.

어쩌면 마땅히 그래야만 했던 일 같은 건 없을지도 몰라. 소년은 생각했다. **그저 지금 이대로가 전부일 뿐이야.**

(5)

소년과
미래

소년은 눈을 뜨고 다음 날 아침이 왔다는 걸 알았다. 과거를 궁금해하다가 잠이 들었던 것이다. 하품을 하고 몸을 별 모양으로 쭉 폈다. 천장을 보며 누워 있는데, 생각이 앞날로 향했다. 미래는 길고, 불안하고, 어두워 보였다. 소년은 심란해졌다. 마음은 앞날을 미리 점치고 예상하려 했다. 앞으로의 나날, 기나긴 세월, 닥쳐올 고난을 헤아렸다. 소년은 소리 지르고 악을 쓰면서 미래가 사라져 다시는 오지 않길 바랐다.

"저리 가, 미래 따위!" 고함을 쳤다. "날 가만 내버려 둬!" 그러나 미래는 그저 가만히 서서 되레 소년을 말끄러미 쳐다보았다. 소년은 미래가 끔찍이도 싫었다. 미래가 주는 느낌이 싫었다. 걱정되고 외로웠다.

소년은 자기 앞에 펼쳐진 나날이 두려워서 침대에서 일어날 수가 없었다. 미래가 이런 식으로 마음속에 쳐들어오면 늘 이런 기분이 되곤 했다. **어떻게 헤쳐나가지?** 소년은 생각했다. 미래를 즐기고 싶었지만 너무 암울해 보였다. 불가능한 일처럼 느껴졌다.

소년은 무엇 때문에 이토록 미래가 싫어졌을까 의아해졌다. 기대감을 가지고 인생을 살아가는 사람들 이야기를 들은 적이 있다. 소년이 아직 풀지 않은 선물을 보듬을 때와 같이, 다가오는 모든 일을 설레는 기대감으로 보듬는다고 한다. 생각만 해도 절로 몸이 움츠러들었다 ─ 미래를 그렇게 보듬다니 상상도 할 수 없었다!

아주 어렸을 때의 기억이 떠올랐다. 밤에 열릴 파티를 고대하며 설레는 마음으로 하루를 시작했지만, 그날 밤 일찍 잠들어서 파티를 다 놓치고 말았다. "저리 가, 너!" 파티에 온 친구들이 고함치는 것만 같았다. "우리끼리 놀게 가만둬!" 그렇게 파티를 놓치고 나니 실망감이 너무나 컸다. 소년은 미래는 실망스럽고 우리 소망대로 되지 않는다고 믿기 시작했다. 그 후로 줄곧 그 믿음이 사실이라는 증거가 점점 더 많이 눈에 띄었다. 계획대로 되는 일은 없고 기대감은 꺾였으니까. 아예 희망을 품지 않는 게 최선이었다. 남들도 다 그렇게 믿는 것 같았다!

시간이 흘렀고, 그 생각은 이제 너무 진짜처럼 느껴

져서 꾸며진 얘기인지 아닌지 분간할 수가 없었다. 그냥 사실이 되어버렸다. 미래는 실망스럽고 우리 소망대로 되지 않았다. 그래서 미래가 되어버린 그 무엇의 효과를, 동틀 무렵 방에 누운 소년이 온전히 체감하고 있다. 불안하고 우울했다. 더 나은 미래를 원했지만 자기가 하는 선택들이 오히려 모든 걸 더 나쁘게 만들까 봐 겁이 났다.

소년은 거기 누워 이 모든 생각을 되짚어 헤아렸다. 다가올 미래가 무서웠다. 소년은 무거운 한숨을 쉬었다.

그때 작은 기적이 일어났다. 소년은 바퀴벌레를 기억했다. 자기가 겁낸 건, 미래가 아니라 미래가 될까 봐 — 과거의 실수와 실망들이 더 많이 쌓일까 봐 — 두려워했던 것들이라는 걸 깨닫기 시작했다. 아주 오랜만에 처음으로, 실제로 미래를 얼마나 아느냐고 스스로에게 물어보았다. **다른 모습이 될 수도 있어?** 궁금해졌다. 호기심을 품고 미래를 바라보았다. 아주 작은 아이였을 때는, 처음으로 꿈이 산산조각 나기 전에는, 아마 미래를 그런 눈으로 보았겠지. 희망이 움트기 시작했다.

어쩌면 오늘도 흘러간 나날과 똑같을지 몰라. 그는 생각했다. **아니, 오늘은 다를 거야.**

6

소년과
일

소년은 아침을 먹으려고 일어났다. 혼자 식탁에 앉아서 그럭저럭 다 괜찮다고 느꼈다. 만족스럽게 우물우물 아침을 먹고 있는데, '할 일 목록'이 바로 눈앞의 식탁 위로 기어갔다. 이야기를 나눠야 할 사람들, 해치워야 할 잡일들, 심부름들, 완성해야 할 숙제들, 모두 소년이 하겠다고 말해놓고 하지 않은 일들이었다. 소년은 압박감에 짓눌렸다. 소리를 지르고 악을 쓰고 할 일들이 사라져서 다시는 오지 않길 바랐다.

"이게 다 뭐야?" 고함을 쳤다. "이제 더는 못 하겠어!" 하지만 할 일들의 목록은 그저 가만히 서서 되레 소년을 말끄러미 쳐다보았다. 소년은 언제나 무슨 일을 해야 한다는 게 끔찍하게 싫었다. 해야 할 일이 주는 느낌이 싫었다. 턱까지 파묻힌 듯하고, 덫에 걸린 듯하고, 억울했다.

해야 할 일의 압박감이 극심해서 도망쳐 버리고 싶었다. 도망가서 영영 돌아오지 않고 싶었다. 해야 하는 일을 생각할 때마다 늘 이런 기분이 되곤 했다. **이런 거 진짜 싫어!** 그는 생각했다. 모든 일을 다 해내야 하는데, 할 일이 너무 많아서 어떻게 해야 할지 알 수가 없었다. 더구나 하기 싫었다. 불가능한 일처럼 느껴졌다.

소년은 무엇 때문에 할 일이 싫어졌을까 의아해졌다. 일을 즐기는 사람들 이야기를 들은 적이 있다. 소년이 미끄럼틀을 타듯이, 재밌고 수월하게 자기 일을 해낸다고 한다. 생각만 해도 질투가 났다 ─ 일이 즐겁다니

상상도 할 수 없었다!

아주 어렸을 때의 기억이 떠올랐다. 숙제를 열심히 해서 학교에 자랑스럽게 들고 갔다. "이게 다 뭐야?" 선생님이 야단을 쳤다. "다시 해 와, 다음에는 제대로 해야 해!" 그렇게 야단을 맞고 소년은 놀랐다. 부끄럽고 슬펐다. 그 순간, 소년은 할 일은 해야 하고 반드시 제대로 해야 한다고 믿기 시작했다. 그 후로 줄곧 그 믿음이 사실이라는 증거들이 점점 더 많이 눈에 띄었다. 얼마나 많은 할 일을 요구받았던가. 일을 잘해내면 칭찬을 받고 못하면 혼쭐이 났다. 남들도 다 원래 그렇다고 믿는 것 같았다!

시간이 흘렀고, 그 생각은 이제 너무 진짜처럼 느껴져서 꾸며진 얘기인지 아닌지 분간할 수가 없었다. 그냥 사실이 되어버렸다. 할 일은 반드시 해야 했고 잘해야 했다. '실행'은 어떤 것이라는 생각이 굳어져 버렸고, 소년은 아침을 먹으며 그 결과를 절감하고 있었다. 그

에게 일이란 끝없는 계획과 구상, 해야 할 일을 기억해
내는 것, 어떻게 하면 망치지 않고 잘할지를 알아내는
것이었다.

소년은 식탁에 앉아서 할 일 목록을 물끄러미 바라
보며 이 모든 생각을 되짚어 헤아렸다. 소년의 폐가 밭
은 숨을 몰아쉬었다.

그때 작은 기적이 일어났다. 소년은 바퀴벌레를 기억
했다. 그가 정말 두려워하는 건, 일을 하거나 안 하는 것
그 자체가 아니라 그걸 판단하는 자신의 생각이라는
걸 어렴풋이 깨달았다. 아주 오랜만에 처음으로, 정말
로 해야 하는 일은 뭘까 의문을 품었다. **그런데 한다는
게 대체 뭐지?** 궁금해졌다. 그는 호기심을 품고 '실행'이
라고 하는 걸 들여다보았다. 작은 아이였을 때는, 숙제
를 깜박 잊기 전까지는, 아마도 그런 눈으로 살펴봤을
것이다. 안쓰럽고 딱하다는 마음이 솟아났다.

어쩌면 어떤 일은 꼭 해야 하고 어떤 일은 안 해도 될지도 몰라. 그는 생각했다. 그런데 제대로 잘하는 게 어떤 건지를 누가 결정하지?

7

소년과
타인

　　그날 아침 소년은 자동차를 운전하며 그럭저럭 다 괜찮다고 느꼈다. 만족스럽게 운전하고 있는데, 저 앞쪽에 길이 막히는 게 보였다. 차의 속도가 느려지더니 급기야 서버렸다. 길게 줄지어 서 있는 차들 사이에 갇혀버렸다. 교통체증은 짜증 나고 멍청했다. 울화가 치밀어 올랐다. 소리 지르고 악을 쓰며 사람들과 차들이 다 사라져서 다시는 돌아오지 않기를 바랐다.

　　"저리 가, 사람들아!" 소년은 고함을 쳤다. "방해하지 말고 다 비켜!" 하지만 교통체증은 그저 가만히 서서 되레 소년을 말끄러미 쳐다보았다. 소년은 교통체증을 증오했고, 교통체증을 일으키는 사람들을 증오했다. 사람들이 주는 느낌이 싫었다. 마음이 어지럽고 불안했다.

차에 탄 사람들이 혐오스럽다 못해 근처에 있기조차 못 견디게 싫었다. 사람들이 앞길을 가로막을 때마다 이런 기분이 되곤 했다. **나 좀 지나가게 비키라고, 이 사람들아!** 그는 생각했다. 목적지에 다다르고 싶었지만 극심한 교통체증을 뚫고 지나갈 길이 없었다. 불가능한 일처럼 느껴졌다.

소년은 무엇 때문에 사람이 이토록 싫어졌을까 의아해졌다. 타인을 존중하는 사람들의 이야기를 들은 적이 있다. 심지어 자기 앞길을 가로막아도 귀히 대한다고 한다. 소년은 자기가 피냐콜라다를 들고 앉아 있을 때만큼이나 명랑하게, 꽉 막힌 찻길에 앉아 있는 사람들을 본 적도 있다. 생각만 해도 콧방귀가 절로 나왔다

— 막히는 찻길에 그렇게 앉아 있다니 상상도 할 수 없었다!

아주 어렸을 때의 기억이 떠올랐다. 줄을 서서 기다리고 있는데 소년보다 훨씬 큰 아이가 와서 소년을 밀쳤다. "저리 가, 너!" 힘센 아이는 윽박질렀다. "방해하지 말고 비켜!" 그런 식으로 밀쳐지는 건 정말 겁나고 무서웠다. 그 순간, 소년은 사람들이 비열하고 자기를 괴롭히려 한다고 믿기 시작했다. 그 후로는 줄곧 그 믿음이 옳다는 증거들이 점점 더 많이 보였다. 길은 늘 최악의 때를 골라 꽉꽉 막혔고, 사람들은 무례하게 굴며 못된 말들을 내뱉었다. 소년의 것을 빼앗고 소년이 원하는 걸 얻지 못하게 방해했다. 그리고 남들도 다 원래 그렇다고 믿는 것 같았다!

시간이 흘렀고, 그 생각은 이제 너무 진짜처럼 느껴져서 꾸며진 이야기인지 아닌지 분간할 수가 없었다. 그저 사실이 되었다. 사람들은 비열하고 소년을 괴롭히려 했다. 언제부턴가 사람들은 그에게 그런 존재가 되어버렸는데, 바로 그 결과를 오늘 이 꽉 막힌 도로 위에서, 소년이 온전히 체감하고 있었다. 화가 치밀고 외로웠다.

소년은 운전석에 앉아서 눈앞의 차들을 물끄러미 바라보며 이런 생각을 되짚어 헤아렸다. 운전대에 머리를 쿵쿵 찧기 시작했다.

그때 작은 기적이 일어났다. 소년은 바퀴벌레를 기억했다. 소년은 있는 그대로의 사람들이 아니라 자기가 사람들이라 믿게 된 어떤 것에 화가 나 있다는 걸 깨달았다. 아주 오랜만에 처음으로, 실제로 타인에 관해 얼마나 아느냐고 스스로에게 물어보았다. **우리는 뭘까, 정말로?** 궁금해졌다. 호기심을 품고 주변의 사람들을 바라보았다. 아마도 작은 아이였을 때는, 처음 밀쳐지기 전에는, 사람들을 그런 눈으로 보았을 텐데. 소년은 타인에게 연민을 느끼기 시작했다.

어쩌면 나는 그저 교통체증에 갇혀 있는 게 아닐지도
몰라. 그는 생각했다. 이 모든 이야기들에 갇혀 있기도 한
거야.

8

소년과
죽음

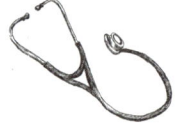

　결국 소년은 체증 구간을 지나 약속 장소에 다다랐다. 병원 진료실에서 오랫동안 대기했다. 겁먹지 않으려고 애썼지만, 무서웠다. 의사가 어두운 얼굴로 나타났다. 의사는 최근의 검사 결과를 알려주었다. 결과가 좋지 않고 소년이 앞으로 그리 오래 살지 못할 것 같다고 했다.

　의사가 방에서 나갔다. 소년의 눈에 벽을 기어오르는 바퀴벌레 한 마리가 보였다. 하지만 아무 상관 없었다. 죽음이 나타났으니까. 죽음은 어둡고, 농밀하고, 세상에서 가장 무서운 것이었다. 소년은 끔찍하게 무서워졌나.

그는 얼어붙어 꼼짝달싹도 못 하고 죽음이 사라져서 다시는 돌아오지 않기를 바랐다. "저리 가, 죽음!" 소년은 속삭였다. "날 가만 내버려둬!" 하지만 죽음은 그저 가만히 서서 되레 소년을 말끄러미 쳐다보았다. 소년은 죽음이 끔찍하게 싫었다. 죽음이 주는 느낌이 싫었다. 소년은 충격에 빠져 있었다.

죽는다는 생각에 경악한 나머지 숨조차 쉬어지지 않았다. 죽음을 떠올릴 때마다 이런 기분이 되었지만, 죽음이 지금처럼 가깝게 다가온 적은 한 번도 없었다. **이건 그냥 말이 안 돼.** 소년은 생각했다. 소년은 병을 치료하고 싶었지만, 고통이 너무 심할 수도 있었다. 게다가 효과가 없으면 어떡한단 말인가? 불가능한 일처럼 느껴졌다.

소년은 무엇 때문에 이토록 죽음이 싫어졌을까 의아

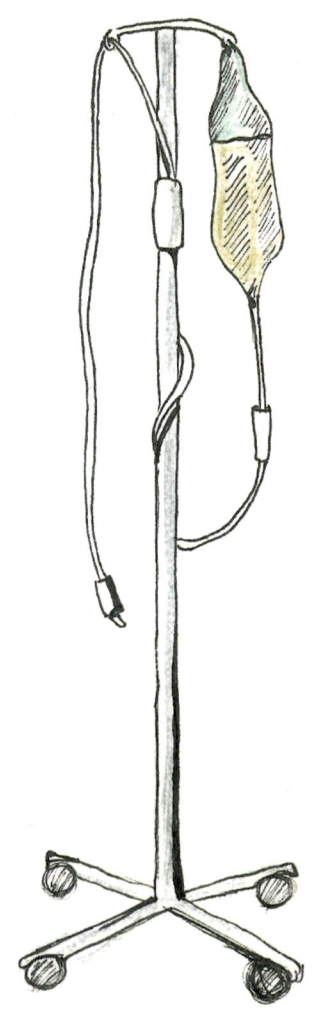

해졌다. 숙음을 영예롭게 받는다는 먼 나라 사람들 이야기를 들은 적이 있다. 소년이 오랜 친구를 반길 때처럼, 평화로운 마음으로 참을성 있게 죽음을 맞는다고 한다. 생각만 해도 몸서리가 쳐졌다 — 죽음을 그렇게 반가이 맞는다니 상상도 할 수 없었다!

아주 어렸을 때의 기억이 떠올랐다. 소년의 할머니가 큰 병에 걸렸다. 소년과 가족들은 할머니 주위에 둘러 모여 할머니가 마지막 숨을 내쉴 때까지 곁을 지켰다. 소년의 할아버지가 할머니 곁에서 흐느껴 울었다. "썩 물러가라, 죽음아!" 할아버지는 울며 외쳤다. "우리 아내는 가만히 내버려둬!" 할아버지가 그렇게 울며 외치는 모습을 보니 무서웠다. 그 순간, 소년은 죽음은 무시무시하고 끔찍한 것이라서 그 무엇보다도 두려워해야만 한다고 믿기 시작했다. 그 후로 줄곧, 그 믿음이 사실이라는 증거들이 점점 더 많이 눈에 띄었다. 죽음은 갑자기 오거나 오랜 질병 끝에 왔고 청년과 노인을 찾아왔다. 그리고 언제 어느 때든 늘 와서는 안 될 때에 왔다. 그리고 남들도 다 원래 그렇다고 믿는 것 같았다!

시간이 흘렀고, 그 생각은 이제 너무 진짜처럼 느껴져서 꾸며진 이야기인지 아닌지 분간할 수가 없었다. 그저 사실이 되었다. 죽음은 무시무시하고 끔찍했다. 언젠가부터 죽음은 그냥 그런 게 되어버렸고, 바로 그 결과를, 오늘 이 진료실에서 의료 기록을 물끄러미 바라보는 소년이 온전히 체감하고 있었다. 가슴과 폐가 들썩거리지조차 못했다.

그때 작은 기적이 일어났다. 소년은 바퀴벌레를 기억했다. 소년은 있는 그대로의 죽음이 아니라 자기가 죽음이라 믿었던 것을 무서워한다는 사실을 깨달았다. 아주 오랜만에 처음으로, 실제로 죽음에 관해 얼마나 아느냐고 스스로에게 물어보았다. **너는 뭐니, 정말로?** 궁금해졌다. 호기심을 품고 죽음을 바라보았다. 작은 아이였을 때는, 할머니가 돌아가시기 전에는, 내가 죽음

을 그런 눈으로 보았겠지. 소년은 은총을 느끼기 시작
했다.

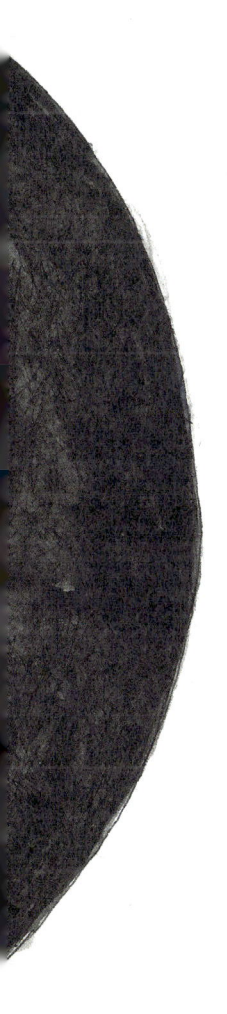

어쩌면 내 죽음이 다가오고 있을지도
몰라. 금방 올지도 몰라. 그는 생각했다.
하지만 지금 여기 와 있는 건 아니잖아.

(9)

소년과
삶

소년은 병원 카페테리아 테이블에 홀로 앉았다. 대체로 만사가 다 끔찍하다 느끼며 점심을 먹었다. 죽음을 생각했고, 또 죽는 기분이 어떨까, 살지 않는다는 건 과연 어떨까를 생각했다. 앉아서 우물우물 천천히 음식을 씹던 소년은 지금까지의 삶에 화가 났다. 삶은 고통스럽고 따분하고 외로웠다. 삶 때문에 소년은 분통이 터졌다. 속을 부글부글 끓이고 욕을 하고 삶이 살 가치가 없다면 차라리 사라져 영영 돌아오지 않기를 바랐다.

"이게 뭐냐고, 삶!" 소년은 화가 나서 외쳤다. "나한테

64

왜 이리는 긴데!" 하지만 삶은 그지 가만히 시시 되레 소년을 물끄러미 쳐다보았다. 소년은 삶을 증오했다. 삶이 주는 기분이 싫었다. 미칠 듯이 화가 나고 분통이 터졌다.

삶에 화가 난 나머지 차라리 죽음이 나아 보일 지경이었다. 소년은 삶이 이렇게 어두울 때면 늘 이런 기분이 되었다. **이 모든 게 다 무슨 의미가 있어?!** 소년은 생각했다. 삶을 만끽하고 싶었지만, 삶이 비참하게 느껴질 때가 너무 자주 있었다. 어떻게 고난을 멈춰야 하는지를 소년은 알지 못했다. 불가능한 일처럼 느껴졌다.

소년은 무엇 때문에 자기가 삶을 이토록 싫어하게 됐을까 의아해졌다. 자기 삶을 사랑하는 사람들의 이야기를 들은 적이 있다. 튜브를 타고 산속 개울을 둥둥 떠내려가듯이 즐겁고 편안하게 살아간다고 한다. 생각만 해도 화가 났다 ─ 삶을 그런 식으로 체험하다니 상상도 할 수 없었다!

아주 어렸을 때의 기억이 났다. 너무 어렸을 때라서 기억이 가물가물했다. 고작 아기에 불과한 소년에게 누군가 굉장히 화를 냈다. 누구였는지, 뭐라고 화를 냈는지도 기억나지 않았다. 섬광처럼 번득이는 분노가 그를 겨냥했다는 사실만 떠올랐다. 그런 적의의 대상이 되

는 건 무서웠다. 그때부터 줄곧 그 공포가 사라지지 않았다. 그 순간, 소년은 삶이 자기를 증오한다고, 따라서 삶으로부터 스스로 보호해야 한다고, 삶은 견뎌내야 할 시련이라고 믿기 시작했다. 그 후로 줄곧 그 믿음이 옳다는 증거가 점점 더 눈에 많이 띄었다. 바퀴벌레들이

나타나서 좋은 식사를 망치고, 최악의 때를 골라 교통 체증이 일어나고, 소년이 없어도 파티는 계속되고, 사랑은 소년의 심장을 짓밟지 않았던가. 삶은 얼마나 자주 고통으로 가득했던가. 심지어 좋은 순간들이 찾아오더라도, 눈 깜짝할 새 흘러가 버리고 몹시 드문드문 찾아왔다. 삶이 원래 그렇지, 소년은 머릿속으로 종종 생각했다. 좌절하고 체념한 마음이었다. 그리고 남들도 다 원래 그렇다고 믿는 것 같았다!

시간이 흘렀고, 그 생각은 이제 너무 진짜처럼 느껴져서 꾸며진 이야기인지 아닌지 분간할 수가 없었다.

그저 사실이 되었다. 삶은 소년의 저이었고, 방어해야 할 위협이었고, 견뎌야 할 짐이었다. 언젠가부터 삶은 그냥 그런 게 되어버렸고 오늘 이 카페테리아에서, 소년은 그 결과를 절감하고 있었다. 고립되고 두렵고 기진맥진했다.

소년은 거기 앉아서 삶을 물끄러미 바라보며 이런 생각을 되짚어 헤아렸다. 주먹이 불끈 쥐어지고, 턱에 팽팽하게 힘이 들어갔다.

그때 작은 기적이 일어났다. 소년은 바퀴벌레를 기억했다. 소년은 자기가 있는 그대로의 삶이 아니라 삶이라 믿게 된 어떤 것에 화가 나 있다는 걸 깨닫기 시작했다. 기억이 까마득할 만큼 아주아주 오랜만에 처음으로, 실제로 삶에 관해 얼마나 아느냐고 스스로에게 물어보았다. **이건 뭘까, 정말로?** 궁금해졌다. 호기심을 품고 산다는 게 뭔지 들여다보았다. 그저 아기였을 때는, 첫 공포의 기억이 생기기 전에는, 소년이 삶을 그런 눈으로 보았을 것이다. 불쌍한 마음이 들기 시작했다.

 어쩌면 삶의 의미란 우리가 생각하는 대로일지도 몰라.
소년은 생각했다. 아니면 아무 의미도 없을지도 몰라.

10

소년과
감정

소년은 병원에서 차를 몰고 나와 숲속 오솔길로 들어섰다. 직업이 있었지만 오늘 같은 날 일하는 건 말이 안 됐다. 소년은 벤치에 앉아 나무들과 풀을 물끄러미 바라보며, 죽음을 헤아리고 삶을 헤아려 보았다. 지나간 모든 일과 그 의미를 돌아보았다. 골똘히 생각에 잠겨 앉아 있던 소년은 감정이 신체를 장악하는 느낌을 받았다. 심오하고 압도적이었다. 소년은 기겁했다. 이를 악물고 저항하고 감정이 사라져서 다시는 오지 않기를 바랐다.

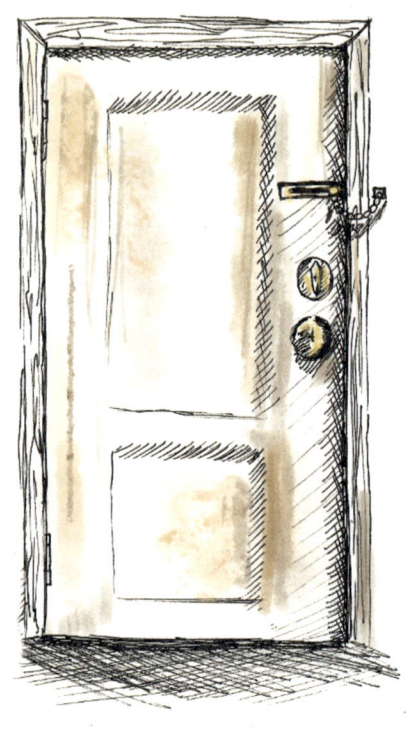

"저리 가, 감정 따위!" 소년은 우겨댔다. "소진될 때까지 돌아오지 마!" 하지만 감정은 점점 더 강해져서 소년의 가슴과 뱃속을 가득 채웠다. 소년은 감정이 끔찍하게 싫었다. 감정이 주는 느낌이 싫었다. 속이 메스껍고 걷잡을 수 없었다.

감정이 너무 무서워서 도저히 가만히 있을 수가 없었다. 강렬한 감정이 이런 식으로 덮쳐 올 때마다 꼭 이런 느낌이 되곤 했다. **도저히 이건 안 되겠어!** 소년은 생각했다. 기분이 좋아지길 원했다. 다른 데 정신을 팔고 고통을 잊고 싶었다. 그러나 감정이 너무 강렬해서 모른 체할 수가 없었다. 불가능한 일처럼 느껴졌다.

소년은 무엇 때문에 자기가 감정을 이토록 싫어하게 됐을까 의아해졌다. 쉽게 울고 분노를 표출하는 사람들의 이야기를 들은 적이 있다. 소년이 거센 비바람 속에 서 있을 때처럼 감정이 자기를 통과해 흘러가도록 둔다고 한다. 생각만 해도 긴장으로 몸이 굳었다 ─ 그렇게 감정을 허락한다니 상상도 할 수 없었다!

아주 어렸을 때의 기억이 났다. 무엇 때문에 겁에 질려서 소년은 울기 시작했다. "저리 가, 울보 같으니!" 누나가 소년에게 명령했다. "네 방에 가서 울어, 울음을 그치기 전에는 절대 나오지 마!" 그렇게 큰 소리로 야단을 맞고 방으로 쫓겨나자 수치심이 들었다. 그 순간, 소년은 감정은 나쁘고 창피한 것이며, 감정을 느끼는 자기 자신에게 문제가 있다고 믿기 시작했다. 그 후로 줄곧 그 믿음이 옳다는 증거가 점점 더 눈에 많이 띄었다. 감정은 기분을 형편없이 망쳐버렸고, 사람들은 울보를 놀려댔다. 게다가 분노로 격해진 사람들은 얼마나 끔찍한 말을 하고 지독한 짓거리를 했던가. 그리고 남들도 다 그렇게 생각하는 것 같았다!

시간이 흘렀고, 그 생각은 이제 너무 진짜처럼 느껴져서 꾸며진 이야기인지 아닌지 분간할 수가 없었다. 그저 사실이 되었다. 감정은 나쁘고 창피한 것이었고, 감정을 느끼는 소년에게 뭔가 문제가 있었다. 언젠가부터 감정은 그런 것이 되어버렸는데, 오늘 벤치에 앉은 소년은 바로 그 결과를 절감하고 있었다. 분노와 슬픔을 꾹꾹 삭이느라 긴장과 피로에 절어 있었다.

소년은 거기 앉아서 감정을 안에 품은 채 이런 생각

을 되짚어 헤아렸다. 턱이 떨리기 시작했다.

그때 기적이 일어났다. 소년은 더 이상 감정을 억누를 수 없었다. 죽음의 공포, 실연의 고통, 할 일의 위압감, 삶의 도전 ─ 이제는 도저히 모른 체할 수가 없었다. 소년은 손에 얼굴을 묻고 흐느껴 울기 시작했다. 어머니한테 가만 내버려두고 가라는 말을 들은 아이의 눈물을 흘리고, 사랑으로 상처받은 어른의 눈물을 흘렸다. 파티를 놓친 소년을 위해 울었고, 의사한테 죽음이 임박했다는 말을 들은 어른을 위해 울었다. 눈물의 뜻을 말하는 이야기들에 구애받지 않고, 눈물이 그칠 때까지 실컷 울었다.

소년은 깊은 숨을 들이쉬었다. 이처럼 깊디깊은 숨을 쉰 건 아주 오랜만이었다.

그러자 분노가 치밀어 소년의 몸이 들썩이기 시작했다. 거울 속 자기 모습을 보기가 끔찍하게 싫었던 소년의 분노, 아버지가 밀쳐 땅에 나뒹군 소년의 분노였다. 무리에서 따돌림을 당해 평생 혼자였던 소년을 위한 분노였다. 몸속 깊이 묻혀 있는 그 분노를 느끼도록 소년은 스스로 허락한 적이 없었다. 소년의 몸이 들썩이다 덜덜 떨렸다. 소년은 숲속으로 더 깊이 들어갔다. 땅

바닥의 나뭇가지를 하나 주워 흙을 내리쳤다. 땅을 치고 또 치고 또 내리치며, 울부짖고 악을 썼다. "아니야! 아니야! 아니라고!" 결국 나뭇가지가 부러지자 더 이상 악쓸 거리도 없어졌다.

소년은 헐떡이는 숨을 몰아쉬며, 놀라서 거기 서 있었다. 그토록 오래 쌓아두었던 긴장에서 몸이 마침내 풀려났다. 소년은 다시 울기 시작했다. 이번에는 조금 더 나직한 울음이었다. 소년은 자기가 있는 그대로의 감정이 아니라 감정이라 믿게 된 어떤 것을 겁냈다는

걸 깨달았다. 아주 오랜만에 처음으로, 실제로 감정에 대해 얼마나 아느냐고 스스로에게 물어보았다. **너는 뭐야, 정말로?** 궁금해졌다. 호기심을 품고 자기 몸의 에너지를 감지했다. 작은 아이였을 때는, 운다고 처음 야단맞기 전에는, 아마도 감정을 그런 눈으로 보았겠지. 소년은 가슴이 넓어진 느낌이 들기 시작했다.

어쩌면 감정은 느끼라고 있는 건지도 몰라. 소년은 생각했다. **감정을 느껴도 아무 문제 없을지도 몰라.**

11

소년과
앎

소년은 오솔길의 벤치로 다시 걸어갔다. 다시 의자에 앉아서, 감정에 사로잡히지 않은 후련한 마음으로, 나무와 풀을 물끄러미 바라보았다. 앞으로 닥쳐올지 모를 일을 생각했다. 안다고 생각했지만 사실 몰랐던 것 같은 모든 일들을 생각했다. 그가 몰랐던 것을 곱씹어 생각할수록, 마음이 온통 의심으로 가득 찼다. 삶이 무엇인지, 죽음이 얼마나 가까이 있는지, 이 모든 게 하나라도 목적이 있는 건지. 알지 못한다는 건 끔찍하게 무서웠다. 소년을 겁나게 했다. 소년은 분통을 터뜨리고 난

리법석을 치면서 미지의 상태가 사라져 다시는 오지 않기를 바랐다.

"정신 차려, 너!" 소년은 말했다. "멍청하게 굴지 말고." 하지만 미지의 상태는 그저 가만히 서서 되레 소년을 말끄러미 쳐다보았다. 소년은 미지의 상태가 끔찍하게 싫었다. 미지의 상태가 주는 기분이 싫었다. 무섭고, 표류하는 느낌이 들었다.

알지 못하는 상태로 있자니 현기증이 나서 차라리 사라져 없어지고 싶었다. 불확실성이 이런 식으로 그의 공간을 침범하면 늘 이런 기분이 되곤 했다. **더 잘 알아야 하는데!** 소년은 생각했다. 모든 걸 다 알고 싶었지만 만물은 늘 흔들리며 변하는 듯 보였다. 불가능한 일처럼 느껴졌다.

소년은 무엇 때문에 이토록 미지의 상태가 싫어졌을까 의아해졌다. 알지 못해도 개의치 않는 사람들 이야기를 들은 적이 있다. 소년이 대양을 헤엄쳐 가듯 미지의 것을 침착하게 보듬는다고 한다. 생각만 해도 코웃음이 났다 ─ 미지의 상태에 그런 식으로 존재하다니 상상할 수도 없었다!

아주 어렸을 때의 기억이 났다. 질문에 대답을 했지만 틀렸다. 다른 아이들이 웃어대며 놀렸다. "정신 차려, 너!" 아이들은 외쳤다. "멍청하게 굴지 말고!" 아이들의 비웃음을 듣자 너무나 창피했다. 그 순간 소년은 반드시 알아야만 하고 항상 옳아야만 한다고 믿기 시작했다. 그 후로 줄곧, 그 믿음이 옳다는 증거가 점점 더 많이 눈에 띄었다. 뭔가 알고 있으면 사람들은 소년을 칭찬했고 모르면 놀려댔다. 소년의 생각이 자기와 같으면 사람들은 소년을 좋아했고, 소년의 생각이 자기와 다르면 소년을 거부했다. 남한테 중요한 사람처럼 보이고 통제력을 쥐는 데 옳다는 게 얼마나 큰 도움이 되었던가. 그리고 남들도 다 그렇게 생각하는 것 같았다!

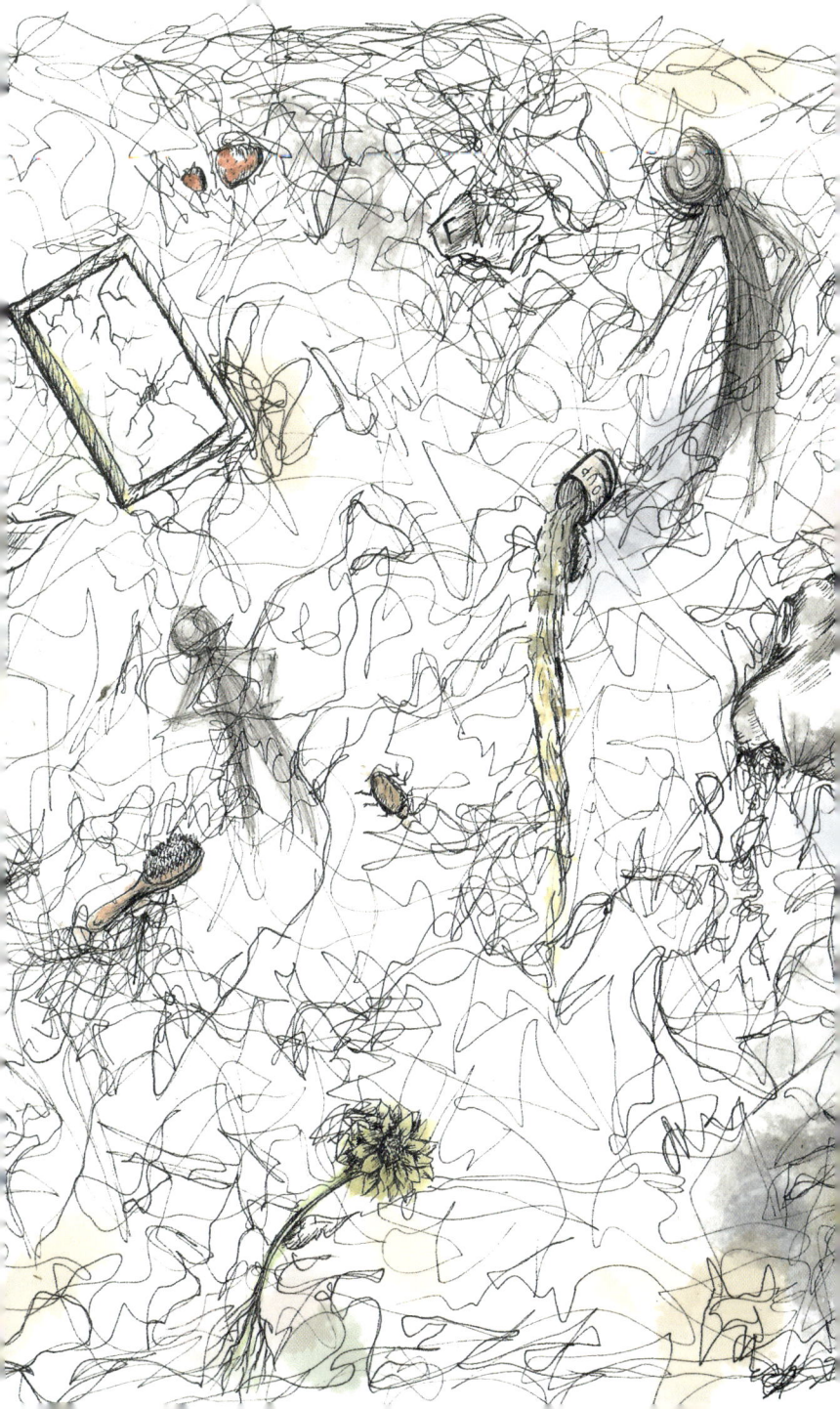

시간이 흘렀고, 그 생각은 이제 너무 진짜처럼 느껴져서 꾸며진 이야기인지 아닌지 분간할 수가 없었다. 그저 사실이 되었다. 소년은 항상 알아야만 했고 늘 옳아야만 했다. 그렇지 않으면 무서운 일들이 일어날 테니까. 그렇게 반드시 알아야만 한다는 필요성이 생겨나 버렸고, 오늘 이 벤치에서, 소년은 그 결과를 절감하고 있었다. 공포에 질려 넋이 반쯤 나간 채로, 답이 없는 질문들의 해결책을 필사적으로 찾고 있었다.

소년은 거기 앉아서 나무들을 물끄러미 바라보고 자기 심장 소리를 들으면서 이런 생각을 되짚어 헤아렸다.

그때 작은 기적이 일어났다. 소년은 바퀴벌레를 기억했다. 알지 못하는 상태 자체가 무서웠던 게 아니라 자기가 미지의 상태라 믿게 된 어떤 것이 두려웠다는 걸 깨달았다. 오랜만에 처음으로, 실제로 자기가 무엇 하나 제대로 알고 있기는 한지 스스로에게 물어보았다. **그런데 안다는 게 대체 뭘까?** 궁금해졌다. 호기심을 품고 미지를 들어디보았다. 아주 직은 아이였을 때, 아이들이 처음 놀려대기 전에는, 소년이 미지를 그런 눈으로 보았을 것이다. 소년은 평화를 느끼기 시작했다.

어쩌면 최소한 내가 모른다는 걸 알면 좋은 건지도 몰라. 그는 생각했다. 아니, 그걸 내가 알고 있기는 한가?

12

소년과
만물

소년은 나무로 둘러싸인 공터의 풀밭으로 걸어갔다. 주저앉아서 전날 밤 저녁 식사를 하다가 바퀴벌레를 본 이후로 일어난 모든 일을 곰곰이 생각해 보았다. 그가 믿었던 바와 사실은 다를지도 모르는 것들을 돌이켜 짚어보았다. 바퀴벌레들은 더럽다, 나 자신은 나쁘고 사랑스럽지 않다, 과거는 비극적이다, 미래는 무섭다, 사랑은 고통이다, 할 일은 반드시 해야 하고 감정은 억눌러야 한다, 삶과 죽음은 적이고 타인도 적이다.

소년은 스스로 믿고 있던 다른 이야기들도 생각해보았다. 진실이 되어버린 해석들이 있었다. 노인들은 따분하고 어린이들은 짜증 나고 말을 안 듣는다. 일은 재미없고 놀이는 재밌다. 질병은 약점이고 구토는 더러운 것이다. 남자는 강해야 하고 여자는 예뻐야 한다. 돈이 있으면 행복하다. 돈이 없으면 실패자다. 하지만 돈이 너무 많으면 이기적이고 사악하다. 세상에는 할 수 있거나 할 수 없는 일들이 있고, 해야 하거나 해서는 안 되는 일들이 있다. 어떤 선택은 좋고 옳으며 어떤 선택은 나쁘고 옳지 않다. 세상은 반드시 이러저러해야만 하는데 그렇지 못하다. 무엇이든 믿게 되면 점점 더 많은 증거가 눈에 띄어서 결국 사실이 되고야 말았다. **그냥 세상이 원래 그런 거지 뭐.** 소년은 얼마나 수없이 생각했던가. **정말 안타깝지 뭐야.**

그래서 소년은 오늘 이 숲속에서 그간 믿고 있던 것들의 효과를 마침내 온전히 체감하고 있었다. 두려움, 절망, 분노, 회한, 수치심과 불행감. 두려운 마음에 연결

하고 사랑하고 발견하지 못했다. 죽는 것도 두렵고 사는 것도 두려웠다. 소년은 자유로웠지만 그 사실을 몰랐다. 자신의 해석과 꾸며낸 이야기들이 쌓은 장벽에 갇혀 있었다. 자기 자아가 구성한 현실이라는 항구적인 몽환에 사로잡혀 있었다.

이제, 소년은 궁금해졌다. 바퀴벌레가 무엇인지 사람이 무엇인지 그는 알지 못했다. 과거의 의미나 미래에 닥쳐올 일도 알지 못했다. 결국 과거와 미래란 건 우리가 머릿속에 넣고 다니는 생각에 불과한 것 아니야? 사건들이 일어날 때마다 소년은 그 의미를 꾸며내거나 남들이 꾸며낸 의미에 동의하며 그 의미가 진실인 양 삶을 살았다. 어떤 일이란 좋거나 나쁘기 마련이라고, 후회하거나 축하해야 한다고, 웃거나 울거나 둘 중 하나라고. 이 모두가 소년 스스로의 선택과 소년이 믿도록 가르침을 받은 바에서 비롯했다.

우리는 뭘까? 이건 뭘까? 무엇이든 다 뭘까? 소년은 거기 앉아서 물끄러미 나무들을 바라보며 궁금해했다.

소년은 자기가 믿었던 것들이 — 자기와 만물에 관한
진실처럼 보였던 것들이 — 그를 얼마나 괴롭혔는지 곰
곰 헤아려 보았다. 옳은 판단을 내려야 한다는 마음의
강박이 괴로움을 더 크게 만들었다. 불확실한 일에 도
전하는 게 무서웠고, 위험을 감수하기가 꺼려졌고, 사
랑을 너무나 경계했다. 과거의 실패와 미래의 비극을
상상 속에서 부풀려 그 무게에 납작하게 짓눌렸고, 최
악의 두려움을 소름 끼치는 신기루로 만들어 그에 맞
서 자기방어를 하려 했다. 자기 자신은 미움받는 혐오
의 대상이며, 착하지도 않고 충분히 훌륭하지도 않다
고, 지나치거나 모자라고, 실망스럽고 멍청하며, 부끄
럽고 무가치하다고 믿었다.

그리고 소년의 영혼이 가장 바랐던 것들 — 연결, 소
속감, 성취감 — 반려, 가족, 공동체 — 의미, 기쁨, 목적
이 있는 삶 — 가장 깊은 소망들은 모두 소년이 손이 닿

을 수 없는 먼 곳에 있었다. 소년의 믿음이 지은 감옥에
서는, 결코 경험할 수 없었다.

소년의 허파가 크게 들썩였다. 소년은 괴로움에 지쳐
버렸다. 더는 가치가 없었다. 죽음이 문을 두드리고 있

으니, 얼마 남지 않은 생을 음미하고 싶었다. 올바르기
보다는 행복하고 싶었다.

소년은 풀밭에 누웠다. 눈을 감자, 사랑과 연민을 아
는 마음 한 부분이 소년을 꼭 안아주었다. "다 괜찮아."
소년은 이렇게 말하는 자신의 목소리를 들었다. "내가
널 사랑해. 너는 혼자가 아니야." 소년은 발을 내디뎌
두려움을 헤치고 자기가 꾸며낸 이야기들 밖으로 걸
어 나갔다.

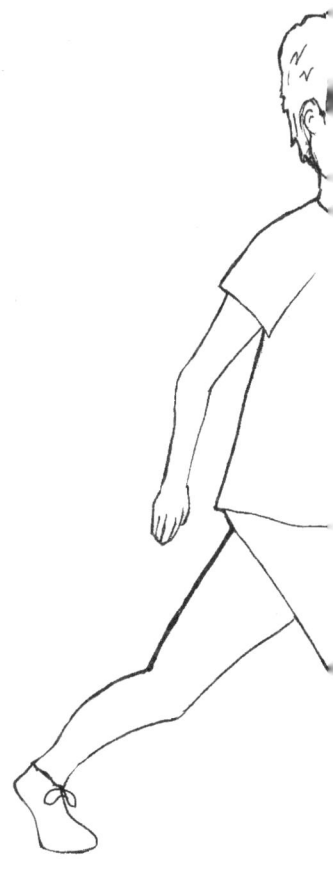

2부

새로운

세상

소년은 눈을 꼭 감은 채, 오랫동안 여기 누워 있다.

어둠 속에서 호흡하면서.

존재한다는 느낌을 알아채면서.

여기엔 아무것도 없다.

아무 할 일도 없다. 아무 갈 곳도 없다. 아무도 없다.

한참 후, 소년은 눈을 뜬다.

존재

색이, 선이, 물결이, 움직임이 있다.

귓전에 소리가, 살갗에 바람이, 내면에 감각들이 있다.
긴 낮잠을 자고 일어난 아기처럼 그는 이 모든 걸 처음처럼 느낀다. 의미나 이름표 없이, 그게 무엇이고 무엇이 아닌지 말해주는 이야기들 없이. 오로지 경이와 알아차림만 있다.

그는 아무것도 모른다. 알아야 할 것도 없는 느낌이다. 오로지 흘러가는 순간순간을, 존재한다는 이 기막힌 기적을, 호기심을 품고 알아차리는 축복이 있을 뿐이다. 그는 기쁨의 미소를 짓는다. 존재의 경험, 존재의 알아차림에 놀라워한다. 그리고 알아차림을 알아차린다!

선택

    조금씩 조금씩, 소년의 마음은 자신의 감각이 인지하는 조각들을 맞춰나간다. 나부끼는 색채들은 초록과 갈색이 되었다가 나무로 변한다. 파르르 떠는 기쁨은 새들의 노래가 된다. 흩뿌리는 급류는 근처의 개울이 된다.

    소년은 집 근처 숲속에 있다. 전에도 본 나무들을 한 번도 본 적 없는 것처럼 본다. 나무를 한 번도 본 적이 없다는 듯 본다. 소년은 기쁨에 벅차올라 울음을 터뜨린다. 예전에 미처 정확히 깨닫지 못했던 무언가를 새로이 발견했기 때문이다. 이 모든 게 얼마나 아름다운가.

옆을 쳐다보니 풀밭 속에 작은 갈색 생물체가 보인다. 한때는 이런 유의 생물을 바퀴벌레라고 불렀던 기억이 떠올랐다. 예전에는 무서워했었다.

그 생물이 무엇인지 그는 알지 못한다. 자기가 무엇인지 그는 알지 못한다. 무엇 하나도 무엇인지 알지 못한다. 안다는 게 뭔지 알지 못한다.

하지만 어떻게 보듬을지 그 방법을 선택할 수는 있지! 소년의 심장 속 공감의 목소리가 말했다. **무슨 일이 일어나더라도, 거기 어떤 진실이 기다리고 있더라도, 보듬어 안는 법은 선택할 수 있어.**

소년은 어머니의 비명 소리, 아버지의 밀침, 의사의 진단을 생각한다. 아픔에 공감하며 이 많은 일을 겪은 사람을 안아준다. 잘못을 저지른 소년이 아니라 마음을 쓰는 소년을 본다. 그 소년에게 무슨 일이 있어도 널 사랑한다고 말해준다. 그간 겪은 아픈 일들은 유감이라고 말해준다. 너는 빛이고 기쁨이고, 삶이 삶 그 자체에게 준 선물이라고 말해준다. 사람들은 우리 인생에 흘러 들어왔다 흘러 나간다고, 왔다가 가버리는 바퀴벌레 같은 거라고, 그래도 우리는 그들을 있는 그대로 사랑하고 그들의 모자람을 용서할 수 있다고 말해준다. 삶은 선물이라고 말해준다. 그리고 죽음 때문에 삶이 그토록 소중한 거라고!

너는 언제나 선택할 수 있어. 심장 속 목소리가 말한다. 과거와 미래는 네가 선택하는 대로 보듬을 수 있어. 삶은 네가 선택하는 대로 보듬을 수 있어. 너 자신을 네가 선택하는 대로 보듬을 수 있어. **너는 언제나 선택할 수 있어.**

"그리고 내가 선택하는 방법은 사랑이야." 어른 남자가 내면의 소년을 꼭 안아주며 말해준다. 그 말을 하면서 어른 남자는 사랑의 증거를 보기 시작한다. 아버지와 씨름하며 재미있게 놀았고, 음악에 맞추어 자유롭게 춤추었고, 좋아하는 노래를 따라 불렀던 소년을 기억한다. 아플 때 다사롭게 돌봐주었던 어머니와 아버지를 기억한다. 삶이 어김없이 내려준 매 끼니와 지붕을 기억한다. 친구들의 포옹과 스승들의 인도를 생각한다. 깊게 호흡하며 편안한 평온을 느낀다. 눈부신 석양과 장엄한 산과 타인의 눈을 들여다보는 매혹을 기억해 낸다. 온통 주위를 감싼 초록들과 갈색들과 파랑들을 본다. 자기 자신이 되는 법, 여기 존재하는 법, 사랑이 되는 법을 알아챈다. 그는 풀밭에 일어나 앉아 세계를 깊이 받아들이고 자기 영혼 속에서 새롭게 떠오르는 가능성들을 껴안는다.

어쩌면 만물이 신성한지도 몰라. 그는 경건하게 호흡하며 생각한다. **어쩌면 신성한 건 아무것도 없을지도 몰라!**

새로 태어난 그는, 환희에 차 소리 내어 웃는다. 그는 자기 세계의 창조주고 또한 목격자다.

에필로그

소년과
바퀴벌레

한참 후, 소년은 식탁에 앉아 저녁을 먹으며, 그럭저럭 다 괜찮다고 느낀다. 만족스럽게 우물거리며 앉아 있는데, 눈앞의 식탁 위로 기어가는 바퀴벌레가 보인다. 매혹적이고 귀엽고 재밌다. 소년은 즐거워진다. 환호성을 지르고 귀여워 탄성을 내뱉으며 바퀴벌레가 언제까지나 여기 머물러 주길 바란다.

"안녕, 아름다운 바퀴벌레야!" 소년은 말한다. "여기서는 늘 환영이야!" 바퀴벌레는 그저 가만히 서서 되레

소년을 말끄러미 쳐다본다. 소년은 바퀴벌레를 사랑한다. 바퀴벌레가 주는 느낌이 좋다. 기쁘고 편안하다.

바퀴벌레가 너무 재밌어서 가버리지 않기를 바란다. 손님이 이런 식으로 자기 집에 따뜻한 온기를 줄 때마다 늘 이런 기분이 된다. **그럼 행복해지지!** 소년은 생각한다. 소년은 바퀴벌레가 다음에 무슨 일을 할까 지켜본다. 불가능한 일은 아무것도 없을 것만 같다.

소년은 무엇 때문에 바퀴벌레를 이토록 사랑하게 되었을까 의아해진다. 바퀴벌레를 신성의 표상으로 받드는 먼 나라 사람들 이야기를 들은 적이 있다. 소년이 그러듯 즐거움으로 바퀴벌레를 손에 보듬는다고 한다. 그 생각을 하니 절로 웃음이 번졌다.

그리 오래지 않은 옛날이 기억난다. 소년은 바퀴벌레를 보고 그것을 보듬는 법을 선택했다. "네가 여기 오는 걸 환영해!" 그렇게 말하는 자기 목소리를 들으니 마음에 사랑이 가득 차올랐다. 그 순간, 소년은 바퀴벌레들이 매력적이고 친절한 친구라고 믿기 시작했다. 그 후로 줄곧, 그 믿음이 옳다는 증거가 점점 더 많이 눈에 띄었다. 바퀴벌레들은 전혀 예상치 못한 때를 골라 벽을 기어 올라가고 그 매끈한 몸매와 장난기 어린 더듬이를 흔들며 한밤중에 화장실에서 기다리고 있었다. 소년처럼 생각하는 사람은 거의 아무도 없었지만, 그런 건 상관없었다!

어떤 이야기는 진실처럼 느껴지지만, 꾸며낸 이야기라는 걸 소년은 결코 잊지 않는다. 바퀴벌레들이 매력적이고 귀엽고 소중하다는 건, 사실이 아니며 소년이 좋아서 믿기로 한 하나의 가능성일 뿐이다. 그래서 여기 바퀴벌레가 되어버린 그 무엇의 효과를, 이 밤 식탁 앞에 앉은 소년이 온전히 느끼고 있다. 행복하고 자유롭다.

소년은 거기 앉아서 바퀴벌레를 물끄러미 바라보며

이 모든 생각을 되짚어 헤아린다. 번지는 미소에 입꼬리가 길게 올라간다.

소년은 있는 그대로의 바퀴벌레가 아니라 자신이 믿기로 선택한 가능성을 사랑한다는 것을 인지하고 있다. 소년은 허리를 굽혀 바퀴벌레를 주워 든다. 부드럽게 손으로 보듬고, 눈부신 색채와 간질거리는 촉감을 알아챈다. 그에게는 이것이 신성하다. 그는, 종종 그러하듯이, 바퀴벌레에 대해서 실제로 얼마나 아느냐고 스스로에게 물어본다. **너는 뭐야, 정말로?** 궁금해한다. 소년은 호기심을 품고 바퀴벌레를 바라본다. 요즘은 삶의 모든 순간에 그런 눈으로 바퀴벌레를 바라본다. 소년이 바퀴벌레를 내려놓자 바퀴벌레는 화드득 제 갈 길을 간다. 소년의 심장이 공감으로 가득 차오른다.

소년은 생각한다. **어쩌면 바퀴벌레들은 나와 그렇게 다르지 않을지도 몰라.**

작가의 말

내가 아직 만나보지 못한,
나의 아이들에게

이 책은 너희들을 위해서 썼단다. 너희들에게 내가
가장 바라는 바는 기쁨으로 가득한 삶이야. 사람들과
편안하고도 깊이 있는 관계를 맺고, 네가 갈망하는 것
을 만들어 내고, 성취감과 만족감을 느끼며 하루하루
순간순간을 살아가길 바란다. 삶을 이렇게 경험하는 것
은 가능한 일이라고, 내가 확신을 담아 쓴다.

이 책은 창조와 파괴에 관해 이야기해. 힘과 정체에
관해서도. 사랑과 두려움에 관해서도. 삶은 경이로울

수도 있고 끔찍할 수도 있단다. 정확히 네가 원하는 대로 되기도 하고, 전혀 네 뜻대로 되지 않기도 하지.

이 책은 네가 꿈꾸는 삶을 경험하고 네가 진정 바라는 대로 너 자신과 너의 세계를 형성하는 선택지를 선물하기 위해서 쓴 거야. 우리의 믿음이 지니는 힘에 관한 이야기이지. 그리고 메시지는 다음과 같단다. 우리는 만물이 우리에게 무엇이 될지를 선택할 수 있어. 그 의미와 그걸 보듬는 법을 선택할 수 있지. 그러기 위해서는 우리 마음이 진실이라 믿는 어떤 것들을 "알지 않게 되는" 과정이 필요할 수도 있단다. 이 메시지를 잘 헤아리고, 발견과 사랑이 가득한 탁 트인 장소에서 이 메시지를 가지고 놀기 바란다. 그러면 반드시 네 마음 속 가장 깊은 소망을 자유롭게 경험하게 될 거야.

마지막으로, 이 메시지의 정신에 따라, 너희는 나에게 어떤 존재인지 말해줄게. 너희는 천사들이고, 우주에서 가장 위대한 빛과 사랑이 사람이 되어 내게 와준 존재란다. 너희는 창조의 신성한 불꽃을 받드는 여신들이란다. 너희는 눈부신 광채이고 유희이고 기적이고 즐거움이고 기쁨이고 힘이란다. 너희는 인류의 미래이고, 너희의 빛과 사랑으로, 인류와 대지는 정성껏 돌봄을 받게 될 거야.

너희 삶이 사랑으로 가득 차기를, 너희가 스스로 창조하는 것들과 너희를 찾아오는 것들에서 기쁨을 발견하기를, 너희의 길이 빛이 되기를. 나는 지금도 또 영원히, 너희를 정확히 지금 그대로의 모습으로 사랑한단다.

너희를 몸 바쳐 사랑하는 아버지,

매슈가

여러분을 ― 제가 모르는 여러분을 ― 이 글을 쓰며 수없이 많이 상상했습니다. 소년과 그의 여정이 여러분과 여러분의 삶에 의미 있는 변화를 가져오길 바라면서요. 그리고 또 무슨 이야기를 할까 고민했습니다. 한편으로는, 이 이야기가 어떤 형태로든 여러분에게 가 부딪길 바라고, 그 결과를 있는 그대로 축복합니다. 하지만 또 한편으로는, 여러분이 비슷한 여정을 체험하기를(아니면 새롭게 체험하기를) 소망하길 바라기도 합니다. 가끔은 초대장이 도착해 원래는 가지 않았을 길로 우리를 인도하기도 하니까요. 그래서 여러분이 탐색해 볼 만한 길을 몇 가지 제안드리려 합니다. 일기에 쓰셔도 좋고, 친구와 이야기해 보는 것도 좋습니다.

1) 스스로 문제라고 느끼는 무언가를 선택하세요. 바퀴벌레, 자기 자신, 어떤 상황, 무엇이든 좋습니다.

   ----

2) 그것을 생각하면 어떤 감정들이 올라오나요? 감정이 온전히 다 느껴지도록 허락해 주세요.

   ----

3) 당신에게 사실이 된 믿음은 무엇인가요? 그런 믿음이 어떤 영향을 미치나요?

   ----

4) 이제, 깊이 심호흡하면서 자기 자신을 여기, 이 순간으로 데려오세요. "알고 있던 것"에서 벗어난 자리로 스스로를 초대하고, 흡사 난생 처음 경험하는 것처럼 그 사물/사람/상황/생각을 살펴보세요. 갓난아기의 눈으로 그것을 바라보세요. 무엇이 눈에 띄나요? 그것에 관한 또 다른 진실들이 있을까요?

----

5) 어떤 식으로 그것을 보듬기를 선택하시겠습니까?

소통과 연결을 원하신다면, **www.howtoholdacockroach.com**에 방문해 주세요. 회원으로 가입하시면 이따금 새로운 소식과 영감을 주는 메시지를 받아보고, 소셜 미디어에서 소통하고, 제게 DM을 보내실 수 있습니다. 여러분 삶의 "바퀴벌레들"이 무엇인지, 어떻게 보듬기

로 선택하셨는지, 많은 이야기를 듣고 싶습니다.

마지막으로, 가장 필요로 하는 사람들의 손안으로, 또 마음속으로, 이 책의 여정이 이어지리라 믿습니다. 바로 자유롭지만 그 사실을 잊고 사는 우리들 말입니다. 영감을 받고 이 이야기를 함께 나누고 싶다면, 책을 선물하기를 부탁드립니다.

사랑과 감사를 담아,
매슈 맥스웰 드림

작가에 관해서

매슈 맥스웰은 세상을 바라보는 방식을 바꾸면 자유, 기쁨, 사랑을 더 많이 체험할 수 있다고 믿으며 잠재력을 계발하는 일에 열정을 품고 있다. 그 스스로가 인생의 행로를 완전히 바꾸어 육식을 즐기는 뮤추얼펀드 변호사에서 채식을 하는 강연자, 작가, 배우, 리더십 코치이자 영적 탐험가로 변신했다. 하스스톤 코칭컨설팅의 설립자로 개인과 조직의 핵심적 열망을 파악해서 그 실현을 돕는다. 도덕성, 힘, 공감 능력 계발과 개인적, 직업적 진화의 추동력을 연구하고 관련 주제를 강의한다.

매슈는 (바퀴벌레들이 번창하는) 콜로라도와 텍사스에서 성장했고 브리검영 대학에서 음악을 전공하고 하와이 대학에서 역사를 전공하고 시카고 법학대학에서 법을 공부했다. 코칭이나 강연을 하지 않을 때는 공원이나 카페에서 글을 쓰고 무대에서 공연을 하고 세계를 방랑하며 스윙댄스를 배운다.

instagram.com/mattymaxwell
howtoholdacockroach.com
thisishearthstone.com

앨리 데이글은 코네티컷을 중심으로 활동하는 일러스트레이터로 전통적 회화의 소재와 뉴미디엄을 모두 활용한다. 2017년 코네티컷 미술대학에서 BFA 학위를 받았고 프리랜서 일러스트레이터로 일하고 있다. 아동도서에서 수제맥주 레이블에 이르기까지 다양한 작업을 한다. 유니크한 펜션, 독특한 색채, 괴짜 같은 캐릭터 디자인이 특징이다.

alliedaigle.com
instagram.com/a_bagel
Business inquiries only: alliedaigleillustrations@gmail.com

바퀴벌레 이야기

내 삶의 불청객들을 기쁘게 맞이하는 법

초판 1쇄 찍은날 2026년 3월 26일
초판 1쇄 펴낸날 2026년 4월 10일

지은이 매슈 맥스웰
그린이 앨리 데이글
옮긴이 김선형
펴낸이 한성봉
편집 최창문·이종석·오시경
콘텐츠제작 안상준
디자인 최세정
마케팅 오주형·박민지·이예지·정효인
경영지원 국지연·송인경

펴낸곳 도서출판 동아시아
등록 1998년 3월 5일 제1998-000243호
주소 서울시 중구 필동로8길 73 [예장동 1-42] 동아시아빌딩
페이스북 www.facebook.com/dongasiabooks
전자우편 dongasiabook@naver.com
블로그 blog.naver.com/dongasiabook
인스타그램 www.instagram.com/dongasiabook
전화 02) 757-9724, 5
팩스 02) 757-9726

ISBN 978-89-6262-702-2 03840

만든 사람들
기획총괄 이예지
편집 원아연
디자인 어나더페이퍼
크로스교열 안상준